句集 問答無用

瀬下坐髙

ふらんす堂

序

渋沢栄一の一万円札を初めて手にした時、真っ先に坐高さんの顔が思い浮かんだ。坐高さんはこの一万円札をどれほど誇らしく思っていることだろう。と言うのも、坐高さんは栄一を生んだ深谷の地に暮らし、栄一の生家まで自転車で通って庭掃除とガイドを務めてきたのだ。

栄一像じやぶじやぶ洗ふ立夏かな

私は残念ながらまだその家を訪ねたことがない。生家そのものは栄一の妹夫婦が継いで明治半ばに建て替えられたが、養蚕も営む往事の豪農の暮らしぶりを今に伝え、栄一も帰郷のたびに寝泊まりしていた。銅像をじゃぶじゃぶ洗いながら、坐高さんは郷土の偉人を誰より身近に感じていたことだろう。

坐高さんが「鷹」にやって来たのは平成も中頃、二〇一二年のことである。中央例会に姿を現した時、骨太の長軀とみごとな禿頭が目を引き、ちょっと怖そうな人にも見えたが、ひとたび話すと人なつこい笑顔で安心させてくれた。

禿頭を西瓜のごとく冷やしけり

これは鷹入会の年、私が最初に推薦句に採った作品だが、坐高さんの鷹衆に対する茶目っ気に満ちた挨拶だったのだろう。栄一邸でのガイドも、訪れる人をさぞかし楽しませているに違いない。

坐高さんは鷹に来る十数年前から自己流で俳句を作って俳句雑誌やテレビ番組に投稿する俳句マニアだった。結社誌「白露」にも十年余り所属した。その頃の作品はこの句集の最後の章にまとめられている。

皮脱いで竹の青春はじまれり
蜂の巣を落として三日蜂去りぬ
誉めるほかなき大寒の寒さかな

どれも惹かれる句である。皮を脱いだ若竹が「竹の青春」だとは実に晴れやか。蜂の巣の句は、三日経ってやっとあきらめた蜂にあわれがある。関東平野の北辺にある深谷は寒さも厳しいことだろう。その大寒の寒さを誉めるほかないという開き直りも痛快だ。どの句も対象に寄せる作者の主観に情愛が通っている。

やがて坐高さんは、あらためて俳句に本気で打ち込んでみようと思い立って鷹を選ぶ。坐高さん曰く、選者との「一対一の勝負」を望んで乗り込んで来たのである。

朧夜や妻の出かける悋気講

赤土を喰らひて伸びる竹煮草

故郷の山が四股名の浴衣かな

悋気講には驚かされた。封建の世の女達が集まり、夫の不実を罵り合って悋気すなわち嫉妬心を晴らしたという集まり。江戸時代の習俗を現代に引き寄せておかしみがある。女子会と称して出かけた妻は、どうせ俺の悪口を言っているに違いない。朧夜に一人、家で僻んでいるのである。

竹煮草の句は、赤土剝き出しの造成地か。炎天下に生い茂る雑草を睥睨するように竹煮草が聳える。「赤土を喰らひて」の擬人化に竹煮草らしい迫力がある。次の句は相撲取を描いた。故郷の山を四股名にするのは目新しいことでもないが、それを染めた浴衣姿を出して見栄えのする句になった。

持て余す老の五欲やむかご飯
菜耳を胸に飾りて甲子雄恋ふ
一位の実含み男と女かな

年を取ったら年寄らしくと自戒はしても、金も女も名誉も欲しいし、旨いものも食いたい。欲とは無縁に見えるむかご飯の取り合わせは清貧への憧れだろうか。菜耳《おなもみ》の句は、飯田龍太門を代表する俳人の一人、福田甲子雄を懐かしむ。蛇笏賞を受賞しながら翌年癌で亡くなった。甲子雄を喪い「白露」を離れてかなりの年月が経ってからの句であることに郷愁に似た情感がある。

次の一位の句には恥じらうようなエロスがある。幼なじみがやがて大人の男女となって契る「筒井筒」のような物語が感じられる。坐高さんは見かけによらず、こんな艶やかな句も詠む。一位の実の情趣をみずみずしく引き出した句だ。

こうして見てくると、坐高さんの俳句は俗世間に根を張って幅が広い。そして、そのそこここに登場する坐高さん自身が絵になる。なかなか味のある役者なのだ。
坐高さんの父は六十二歳で亡くなり、母は百六歳まで生きた。

兵たりし父のまぼろし馬洗ふ

蚊を打ちしその手で人も殺めしか

母の日や母は素直に手を引かれ

亀鳴くやご飯まだかと母のこゑ

鷹に来る前の句に〈青嵐や騎兵でありし父の鞭〉や〈弾痕のありし父の背墓洗ふ〉がある。生前の父と親しく話すことはできたのだろうか。句集に現れるのはこの世の者ではない父ばかりだ。「蚊を打ちし」の句も亡き父に対するものだと私は読んだ。長生きしてくれたおかげで母は生前の句が多くある。認知機能は落ちても健康なのがありがたく、母といる時間の懐かしさが胸を打つ。
坐高さんは両親の享年を足して二で割った齢に近づきつつある。

霾るや問答無用の死が迫る

この句の死は誰の死なのだろう。誰の死であってもかまわない。死とは誰にでも、迫る時には問答無用で迫って来る。

今年の新年句会に坐高さんの顔が見えないのでどうしたのかと思ったら、入院してベッドに三週間縛り付けられ、足腰が立たなくなったのでリハビリ中だと便りがあった。句会に出られないのはもちろんのこと、栄一邸に通えないのも無念で歯ぎしりしていることだろう。ガイドと掃除に明け暮れて日焼けした坐高さんこそ坐高さんらしい。坐高さんの案内で、私もぜひ栄一詣に赴きたいと思う。

小川軽舟

令和七年二月

問答無用 目次

句集

問答無用

I　禿頭

二〇一二〜二〇一五

甲斐からは男富士なり初御空

初鏡ねむごろに剃る頭かな

食ひつぷり飲みつぷり良き賀客かな

立春大吉やはらかきたなごころ

春寒やささくれを吸ふ朱き唇

咲き満ちて老桜の幹黒々と

朝桜人間魚雷祀る寺

花屑の吹き寄せられて象の檻

潮満ちて川さかのぼる花筏

蘆牙や利根に差し入る水迅し

春の雨猫甘やかす女かな

春風駘蕩雷電生家土間土俵

雛僧の榁の花を剪りにけり

をがたまの花高くして薄みどり

メタセコイア天辺の風光りけり

よく笑ふ花嫁なりし松の花

春暁の寝間に吾妹の動きそむ
鳥交るタクシーを待つ浦和駅

我になほバリケードあり卒業期

春尽きて蓬は草にまぎれけり

大利根の渡しに茅花流しかな

母の日や母は素直に手を引かれ

大黒柱長者柱も梅雨に入る

長梅雨や山谷ブルース口をつく

蝙蝠の巣のある家ぞ嫁ぎ来よ

炎天や不意に鴉が落ちてくる

就中兜太の町の暑さかな

禿頭を西瓜のごとく冷やしけり

禿頭に麦藁帽子ちくりとす
バカボンのパパの腹巻両手挿す

粉末ジュース極彩色の夏休
親指の達磨に似たる素足かな

兵たりし父のまぼろし馬洗ふ

冷されて馬朗々と尿せり

夕風を待ちて諸苗植ゑにけり

灯りても暗き射的場水中花

舌嚙みし血の匂ひする晩夏かな

七夕や逢はずにゐるが良きことも

井戸水に晒すうどんや魂祭

新幹線眼下に墓を洗ひけり

しみほくろどんどん増えて葉月尽

八木節の樽打つ音や秋高し

家を出て志士は戻らず白芙蓉

茗荷の花志士にやさしき母ありき

猫被る女ままこのしりぬぐひ

面裏の眼は穴やつづれさせ

平らかな秋の水なり滝の上

秋扇依怙地になつてゆくばかり

海嬴独楽の紐にたつぷり水吸はす

天窓の高き蚕室厄日過ぐ

病む僧の鐘撞きに立つ寒露かな

秋霖や合羽着てゆく賃仕事

櫨の実や日の侃々と晴れ渡る

秋まつり納め太鼓を天に打つ

縄一本腰より抜きて桑括る
やはらかに漉き舟返す水の音

小春日や母に似合ひの盲縞

鎌鼬裾を捲くつて見せにけり

色欲の消えなんとして葱を焼く

本堂に経と水洟すすする音

火を打たば業火とならむ枯野かな

おでん酒仕事鞄を膝に乗せ

ユニクロのＢ３チラシ年詰まる

ずつしりと瓶の小銭や年の果

年の瀬や落暉とどまる雲の裏

灯を寄せて羽子板市は雨のなか

Ⅱ　悋気講

二〇一六〜二〇一八

太陽光パネルの列や年あらた

元旦の道の素直に延びてをり

初雀ひかりを散らす甍かな

大根を漬けし大樽初明り

裸婦像の空に伸ぶる手春近し

耕して野菜市況を風に聞く

菜の花や手を上げて呼ぶ渡し舟

死ぬことを知つて狸や春の雨

船べりを叩く差し潮春浅し

枸杞摘むや土手に自転車寝転がし

畑焼けば顔舐めに来る炎かな

橋多き町に住み古り花菜漬

少年は少年愛す沈丁花

護摩行の僧の美声や花の冷

墓石は父のぬくもり彼岸寺

朧夜や妻の出かける恪気講

アスパラガス明日を信ずる緑なり

蛙鳴く公民館のフラダンス

ふと触れし肌のしめりや蝮草

参鶏湯骨までしゃぶり夏迎ふ

船宿の土間風抜くる五月かな

胎内は真っ赤であらむ聖五月

男の子無き我が家の熱き菖蒲風呂

煉瓦焼く煉瓦の窯や麦の秋

欄干に橋と川の名夏つばめ

鏡見るボディビルダー梅雨滂沱

戸袋を出たがらぬ戸や梅雨深し

波立てぬ日本泳法梅雨明くる

夏潮の金剛力の碧さかな

白南風や牛飼を呼ぶ牛のこゑ

赤土を喰らひて伸びる竹煮草

青柿や草莽の志士無名なり

出鱈目に走り廻るや羽抜鶏

人力車引く太腿や夏旺ん

炎昼やぐいぐい回る洗濯機

銀幕のスターの遺影サングラス

サーファーの波待つ頭夕焼雲

農継がず鯉飼ふ男鰯雲

男泣き女は泣かぬ秋の暮

せつせつと懺悔の色の柘榴嚙む

行幸の済みし村々稲を刈る

稲《いな》滓《し》火《び》の煙たなびく利根夕べ

婆が守る稲滓火ほのと暮れ残る
ひよどりやなんだか庭の楽しさう

秋の蚊や机に溜まる請求書

ハンガーに倦みたるスーツ秋黴雨

堰に踊るペットボトルや野分あと
大甕に畑の黄菊を溢れさす

牛飼の夜ごと焚く火や濁酒

妹癌の手術をす　五句

ひぐらしや暁闇深く妹病みぬ

病む妹の白き手のひら烏瓜

病室に物音のなき良夜かな

月光に癌センターの浮き上がる

癌センター行きのバス待つ冬木の芽

初時雨肩光らせて走者去る

冬の日の暮れなんとして二日月

口開の客雪女なりしかな

地鳴より始まる赤城颪かな

引間豊作狼を見し逝きにけり

義士の日や吉良方の死者二十人

日記買ふ時を一年買ふごとく

歳時記に妻恋ふ師の句冬うらら

Ⅲ　一位の実

二〇一九〜二〇二一

田の神の真白き幣や年迎ふ

初景色信号青に変はりけり

ぴんと張る柵切紐や春隣

桑を抜くチェーンブロック揚雲雀

亀鳴くやご飯まだかと母のこゑ

百歳の母の雛を飾りけり

総門の梁に象鼻や初つばめ

研ぐやうに水面を飛ぶ燕かな

縺れてはすぐに解くる柳かな

芹摘の田にへばりつき顔上げず

朝に見し畦塗る男夕も見る

顔にまで畦塗の泥飛ばしをり

妻の背のまろし蛙の目借時

自転車が唯一の足春うらら

ぎしぎしや牛舎に日陰深くなり

閉ぢてこそ薬医門美し春夕焼

妹死す　六句

花冷の緩和病棟ピアノ鳴る

一晩に縮みし顔や春の暁

看取とは死を待つことや春の月

着信のメールも遺品花は葉に

納骨や茅花流しの雨の中

天空に朴の花咲く人は死ぬ

アカシアの花踏みつけてデモの靴
星映すまで鎮まりし植田かな

栄一像じゃぶじゃぶ洗ふ立夏かな

筍の一つ顔出し二つ三つ

渋沢栄一生誕の地の竹の子ぞ
洗ひあげ大笊に梅香らせぬ

荒梅雨や土鍋に飯の噴きあがる

故郷の山が四股名の浴衣かな

雷雲や群馬県庁屹立す

かはほりや二日目の髯ざらつきぬ

尺取の風見に立てり枝の先

鶏の餌に砕く貝殻銭葵

蔵壁に折れ釘黒き西日かな

逝く夏や謄本に知る母のこと

藪枯らし打たれ強きは女なり

折りて消す蚊取線香秋はじめ

病む母と見る山柿の熟るるさま

秋の灯やしつかりやれと父の文

胡麻干すや日差しとどむる藁筵

障子貼る桟に日ざしの戻りけり

手拭で作る袋や蝗捕

財なすもなさぬも石に曼珠沙華

草の実や中古に探す耕運機

持て余す老の五欲やむかご飯

菜耳を胸に飾りて甲子雄恋ふ

雁坂を越えて甲州柿すだれ

椋の実のたつぷりと蜜ためて落つ

見舞たる人みな死ねり鰯雲

一位の実含み男と女かな

竹伐つて素直な風の生れけり

竹箒作る陽だまり文化の日

山持は山に墓建て女郎花

行く秋や木の電柱の続く道

荒縄を水に浸して桑括る

千坪の庭の起伏や落葉掃く

白菜を首級のごとく提げ帰る

井戸水に洗ふ蕪の白さかな

陽だまりの綺羅なり冬の蜆蝶

風除の樫ひん曲がり絡みあふ

絡み合ひ眠る蛇見し眼かな

年の瀬や地代に添へて酒二本

Ⅳ　問答無用

二〇一三〜二〇一四

三日早や三角ホーに畑ならす

円谷に三日とろろの遺書ありし

接骨木の香り若しや削花

初場所や贔屓力士の尻の張

探梅や一里歩いて一里飴

探梅や瀬音に向かふ杣の道

内なる鬼飼ひならしては春迎ふ

木の芽晴藍蔵に風通しけり

芽吹きたり寸胴切せし大欅
剪定の音に微塵も迷ひなし

囀の一日竹林離れざる

枸杞の芽や赤子のこゑのよく透る

泥の上に板渡しある彼岸寺

語尾上がる里の言葉や彼岸寺

師の墓域今ごろ杉菜長けをらむ

春昼の頭の中に川がある

霾るや問答無用の死が迫る

乗つ込みの鯉の荒ぶる心欲し

薊咲く磐座までの昏き道
光りつつ音なく竹の落葉かな

葦切の声を限りに川渡る
武具飾る鉄刀木《たがやさん》なる床柱

八木節のハアの一声夏来る

大岩を染みだす水や鴨足草

母百六歳の天寿を全うす　四句

荒梅雨や爪伸びしまま母逝かす

特養の母の五年や梅雨滂沱

母恋ふや酢の香の強き胡瓜揉

ほうたるの水に映りて動かざる

梅雨の川二本渡りて上京す
赤羽のアパートに射す西日かな

夕顔や四時に化粧をする女

水煙をあげて夕立や鬼瓦

竹《たけ》木《こ》舞《まい》剝き出しの蔵夕立来る

ちゃん付けで呼ぶテレビマン昼ビール

入歯外せば父の面影かたつむり

八重洲地下街芋焼酎に酔うてをり

蚊を打ちしその手で人も殺めしか

麦秋の真中坂東太郎行く

梅漬けて山家暮らしも慣れにけり

鉄路延ぶ鉄道草は直立す

蜩や夕日の淡き薬医門

高張に早や灯の入りし秋祭

蓑虫や四畳半出ず一日過ぐ

長き夜のラタンのベッド軋みけり

街川の虫むさぼりて燕去る

台風過空ふかぶかと息をせり

墓じまひ子にせかさるる秋彼岸

吾が血筋絶えなば絶えね穴惑

戦止めぬ猿の惑星銀杏散る

勢よく跳ぬる文字や御命講

破蓮や不動産屋の窓のビラ

葱抜くや農の師匠の放屁癖

崖《きりぎし》に帰る海鵜や雪しまく

Kポップ踊る少女や雪が降る

鰭酒や嫁ぎし後のこと知らず

全五段鉛版運ぶ師走かな

V

春の雪

一九九六〜二〇一一

誉めるほかなき大寒の寒さかな

植木屋に青竹の束春隣

春の雪いろは坂から積もりけり

馬庭念流白梅の真つ盛

うららかや摩崖仏まで杖借りて

花冷や路地の奥なる帽子店

蜂の巣を落として三日蜂去りぬ

寄進碑に父の名があり彼岸寺

涅槃西風潮引くときの匂かな

石棺の荒き鑿跡鳥雲に

一人来て刃物の町の暮春かな

影先に飛び立ちにけり黒揚羽

皮脱いで竹の青春はじまれり

少年は両性有す青胡桃

青嵐や騎兵でありし父の鞭

緑蔭に刃物研ぎゐる男の眼

羅を着て容赦なき女かな

梅雨に病み肩甲骨の軋みけり

捨て櫛で猫の毛を梳く梅雨最中

百日紅風に間を置く落花かな

一木に蟬の群がる我鬼忌かな

くねらねば動けぬ蛇のくねりをり

仏には聞えぬ読経雷激し

草を引き草になりきる夕まぐれ

血溜のごと凌霄の落花かな

弾痕のありし父の背墓洗ふ

新涼の柱時計の振り子かな

まだ青き翅のままなり鵙の贄

鰯雲丸太のごとく豚眠る

梁太き坊の百畳秋の声

良寛のひらがな萩の花こぼれ
ゐのこづち山廬へくだる石畳

往還と呼ばれ旧道牛膝

十三夜地鎮めの竹濡れてをり

掌に余るこれが甲州百目柿

一人でも生きてゆけるさ曼珠沙華

芋虫も芋もころころ一茶の忌

傘持つて出でし銀座の小春かな

小春日や母の手にする羅紗鋏

小六月円空仏の背の平ら

酉の市花火二発に始まれり

石蕗咲くや徳川の世の船簞笥

上州の山に冬日のなだれ落つ

寒林や沢一筋の村境

松の菰燃やしてをりぬ雪の上

土寄せを三度重ねし深谷葱

深谷にて生涯終へむ根深汁

寒柝や一つは淡き七つ星

冬帽子目ん玉でもの言ひにけり

枯蓮を見る者みんな病んでをり

冬蜂や落ちしところが死にどころ

わけもなく人疎ましき年の暮

ボクサーの両目塞がる聖夜かな

全天の星ひびきあふ除夜詣

あとがき

ここ数年、立て続けにたくさんの人を見送った。妹、母親、親友、仕事や俳句の仲間たち。死を身近に感じるようになった。

霾るや問答無用の死が迫る

の句ができた。

中央例会のトイレの中で小川軽舟主宰にぱったり会った時、「私みたいのが句集作ってもいいのでしょうか」と聞くと「私が全部選をやりますから、どんどんやりなさい」と励まされた。「鷹」掲載句十五年分、さらにそれ以前の句も選をしていただいた。句集名も「問答無用」を選んでいただいた。

編集に手間取り、やっと初校のゲラが出たとき、持病の肺炎が悪化。令和七年元旦に緊急入院、一月いっぱい入院する羽目になった。問答無用の句が暗示したようだった。これからは、一日一日大切に生きようと思う。

小川軽舟主宰には選のみならず、心のこもった序文まで書いていただき身に余る光栄です。また、五人会の喜納とし子、森田六波両氏を始め「二の橋」の仲間、メール句会「七日会」の仲間、たくさんの鷹の仲間たち、そして二十年以上句会を続けている「五駒会」の面々、本当にありがとうございました。また、出版にご尽力いただいた辻内京子さま、ありがとうございました。

最後に、我がままで、自分勝手な私を自由に俳句の世界に遊ばせてくれた、妻と娘には感謝の気持ちでいっぱいです。

心から、ありがとう！

令和七年三月

瀬下坐髙

著者略歴

瀬下坐高（せした・ざこう）

昭和二〇年　一月五日、埼玉県深谷市生まれ
平成八年頃より作句始める
平成十三年「白露」入会　廣瀬直人・浅井一志に師事（平成二十四年終刊）
平成二十四年「鷹」入会　小川軽舟に師事
平成二十七年「鷹」同人
俳人協会会員

現住所　〒三六六 - 〇八〇一　埼玉県深谷市上野台四八五―四

ふらんす堂®

句集　問答無用　もんどうむよう
二〇二五年四月二九日　初版発行
著　者――瀬下坐高
発行人――山岡喜美子
発行所――ふらんす堂
〒182-0002 東京都調布市仙川町一―一五―三八―二F
電　話――〇三(三三二六)九〇六一　FAX 〇三(三三二六)六九一九
ホームページ https://furansudo.com/　E-mail info@furansudo.com
振　替――〇〇一七〇―一―一八四一七三
装　幀――山根佐保(ream)
印刷所――日本ハイコム㈱
製本所――㈱松岳社
定　価――本体二八〇〇円＋税
ISBN978-4-7814-1734-9　C0092 ¥2800E